UMA VIDA IMORTAL
YOSHITOKI OIMA

A HISTÓRIA ATÉ AGORA

Uma esfera foi lançada na Terra. Essa esfera então se transformou em uma pedra, musgo e um lobo, alcançando uma tundra coberta de neve, onde fez seu primeiro contato com um humano... O garoto vivia sozinho e desejava conhecer mais sobre o mundo. Quando seus dias juntos terminaram, "isso" tomou a forma do garoto. Buscando mais "estímulos", saiu numa jornada. A próxima pessoa que conheceu foi March, uma menina de Ninanna que foi escolhida como oferenda para o Urso-Demônio. "Isso", na forma do garoto, apareceu no altar onde March estava adormecida e, tomando a forma de lobo, derrotou o Urso-Demônio. A fim de esconder o ritual fracassado, Hayase decidiu retornar para as terras de Yanome, levando todos consigo.

PERSONAGENS

Fushi

Absorve conhecimento através de "estímulo". É um ser imortal. Cumprindo todos os requisitos, pode assumir a forma das diferentes coisas que obteve. Durante sua batalha com o Urso-Demônio, transformou-se de um garoto para um lobo. Fushi continua a se desenvolver conforme toma a forma de várias coisas.

March

A menina da região de Ninanna que sonha em virar adulta. Ela foi escolhida como oferenda para o Urso-Demônio, mas escapou no dia do ritual.

Garoto

O primeiro humano que Fushi conheceu. Ansiava por descobrir e explorar o mundo, mas morreu antes de poder realizar o seu sonho.

Joaan

O lobo Lessi de estimação do garoto. Foi o primeiro animal cuja forma Fushi obteve.

Parona

É como uma irmãzona para March. Ela foi para a floresta para salvar a menina.

Hayase

Uma representante das terras de Yanome. Ela foi enviada à região de Ninanna como encarregada do ritual de oferenda.

Xamã

Escolheu March como a oferenda.

Urso-Demônio

Considerado o senhor das terras e divindade de Ninanna que traz paz e prosperidade para a região.

ÍNDICE

CAPÍTULO 5 JORNADA DE LEMBRANÇAS

QUANTO TEMPO VAI LEVAR ESTA VIAGEM?
LEVA, PELO MENOS, VINTE DIAS PARA CHEGAR EM YANOME.
...
TAVA PENSANDO... VOCÊ É UM XAMÃ DOS YANOME, NÃO É?
AH!
POR QUE ESTÁ NESTA CARROÇA FEDIDA JUNTO COM A GENTE?
EU LEMBRO DE VOCÊ! VOCÊ É A VELHA MÁ QUE FEZ ISSO COMIGO!
SUA MALVADA! POR QUE ME ESCOLHEU?
ORAS.
PORQUE VOCÊ ERA A MAIS BONITA.
EU...
EU SOU?
...
...
VEJA.
FLAP
CLINK
SOU UMA CRIMINOSA.

ELES ESTAVAM TÃ DESESPERADOS SEDENTOS, QUE AT USAM UM FALSO XA PARA AUXILIÁ-LOS MATAR PESSOAS.
SEDEN-TOS?
ELES QUEREM AS TERRAS FÉRTEIS DE NINANNA PARA SI MESMOS.
É POR ISSO QUE ELES INTERFEREM NOS RITUAIS DE OFERENDA TRADICIONAIS.
AO SE COLOCAR COMO RESPONSÁVEIS PELO RITUAL, YANOME PRETENDIA SE LIVRAR DAS SUSPEITAS DO POVO DE NINANNA. E AO ENVIAR PRE-SENTES COMO AGRADECIMENT AO POVO LOCAL, YANOME PASSARIA A SER VISTO DE FORMA HEROICA.
ELES ACHARAM QUE O POVO DE NINANNA SERIA GRATO POR TUDO QUE ELES ESTAVAM FAZENDO PELOS POVOS DA TERRA.
O OBJETIVO FINAL DE YANOME É CONTROLAR E DOMINAR A MENTE DAS PESSOAS.
NÃO SABIA DISSO...
É REVOLTANTE COMO TUDO ISSO É FEITO USANDO "TRADIÇÃO" COMO DESCULPA.
MAS É AINDA MAIS INACEITÁVEL QUE O RITUAL EM SI JÁ EXISTIA.
QUEM DIRIA!
ACHAVA QUE AS PESSOAS DE NINANNA VALORIZAVAM MAIS SUA FÉ DO QUE A VIDA DOS CONTERRÂNEOS.
ME SUR-PREENDE ENCONTRAR ALGUÉM COMO VOCÊ.
ISSO SÓ VALE PARA OS ANCIÕES...
ELES NÃO ENXERGAM OS SENTIMENTOS DAQUELES QUE ESTÃO SOFRENDO.

KAN KAN KAN KAN
PARONA...
VAMOS BRINCAR JUNTAS.
IRMÃ?
ESSE É UM JOGO EM QUE VOCÊ TEM QUE SE ESCONDER E NÃO DEIXAR NINGUÉM TE ACHAR.
SÓ ACABA QUANDO EU VOLTAR. ATÉ LÁ, VOCÊ PRECISA FICAR BEM ESCONDIDA.
AQUI TEM COMIDA.
SE ACABAR, VOCÊ VAI PRECISAR PROCURAR FRUTAS E NOZES.
O QUE ACONTECE SE EU GANHAR?
EU TE FAÇO UMA BONECA NOVA!

PARONA! CADÊ VOCÊ?
HÃ? ONDE TÁ A MINHA IRMÃ?
ELA NÃO ESTÁ MAIS AQUI.
HÃ...?
FUGINDO? QUE VER-GONHOSO!
ISSO NÃO É COISA QUE UMA MOÇA DE NINANNA FAÇA!
VOCÊ NÃO É MAIS UM DE NÓS!
SAIA DAQUI! NUNCA MAIS APAREÇA!
SAH
O RITUAL ESTÁ COMPLETO.
HAHAHA!
AQUI NOSSOS AGRADECI-MENTOS.
GAK!

QUE TIPO DE EXPRESSÃO MINHA IRMÃ TINHA NO ROSTO DA ÚLTIMA VEZ QUE NOS VIMOS?
NÃO CONSIGO LEMBRAR... OS ROSTOS DOS ANCIÕES ME CONDENANDO SE SOBREPUSERAM AO DELA.
POR QUE NINGUÉM APONTA COMO ISSO É ERRADO?
DEVÍAMOS PARAR COM ESSA TRADIÇÃO PERVERSA IMEDIATAMENTE.
APOSTO QUE SE VOCÊ CONTASSE AOS ANCIÕES DE NINANNA QUE SUA DIVINDADE ESTÁ MORTA, ELES NÃO ACREDITARIAM.
DIVIN-DADE...

AH! AH! AAAH! NÃO, NÃO PODE!!
O QUE FOI?
PsSssh!
WAA!
TÁ ES-CORRENDO PRA CÁ...
TONK
AI!
TOK
SPLESH
QUE NOJO! E FEDE!!
TOF
TOF
QUE COMOÇÃO TODA É ESSA AÍ ATRÁS?

GUSH
SPLASH SPLASH
O SOL JÁ ESTÁ SE PONDO, É MELHOR PARTIRMOS LOGO.
AH, ESPERA UM POUCO!
VOU LAVAR O AUAU TAMBÉM.
VEM AQUI.
ISSO.
É FRIO, MAS NÃO SEJA MEDROSO.

NUNCA SE...
ESQUEÇA...
...DE MIM...

TCHIBUM!
AH...
MINHA NOSSA...!
ENTÃO, ERA VOCÊ!
SENTI SUA FALTA, FU!
E-EI, MARCH!
VOCÊ CONHECE ESSA PESSOA?

UHUM! COLOQUEI O NOME DELE DE FU!
TÁ NA HORA DE IR.
WANK
WANK
...
GUH
POR FAVOR, NÃO RESISTA.
WANK
WANK
NÃO, FU!
VEM COMIGO!
PARA
ISSO, ASSIM MESMO.
VOCÊ PRECISA APRENDER A FAZER AS NECESSI-DADES NO LUGAR CERTO TAMBÉM.
ELE ESTÁ APEGADO À MARCH?
PARECE QUE SIM.
SAH
...

ENTÃO O NOME DELE É FUSHI?
ENTÃO EU DECIDI QUE VOU SER A MAMÃE DELE.
DE ONDE SERÁ QUE ELE VEIO?
NÃO FAÇO IDEIA, ENCONTREI ELE NA FLORESTA.
MAS MESMO ELE SENDO MAIOR QUE EU, AINDA É UMA CRIANCINHA.
HMM... SERÁ QUE ISSO É UMA BOA IDEIA?
ELE PODE SER ALGUM TIPO DE MONSTRO.
MONSTRO?
NÃO ME IMPORTA!
MAS SE ELE NÃO CONSEGUE MORRER MESMO, SINTO PENA DELE.
SINTO QUE A VIDA DE TODO MUNDO TEM UM PROPÓSITO...
SERÁ QUE UMA VIDA IMORTAL CONSEGUIRÁ ACHAR UM PROPÓSITO TAMBÉM?

PROPÓ-
SITO?
...
AH.
DESCULPA,
MARCH.
NÃO É
CERTO BUSCAR
PROPÓSITO NA VIDA
E MORTE DAS
PESSOAS.
POF
NÃO ENTENDI
MUITO BEM, MAS
ESTOU MUITO FELIZ
NESTE MOMENTO.

VISTAM ISSO.
SÃO AS SUAS NOVAS ROUPAS.
ROUPAS DE YANOME, É?
TEM UMAS PRO FU TAMBÉM!
TE AJUDO A SE TROCAR.
VUSH バリ
バリ VUSH
O QUE VAI ACONTECER OM A GENTE?
DE AGORA EM DIANTE, VOCÊS NÃO SÃO MAIS DE NINANNA.
VOCÊS SÃO MARCH E PARONA DE YANOME.

CHEGAMOS.
ESTA É YANOME.

OH!
OH!
OLHA, MANA! TUDO PARECE TÃO GOSTOSO.

HM! QUE CHEIRO BOM!
SNIF
SNIF
POR AQUI, FU!
UFF!
TOIM
POR FAVOR, NÃO AJAM POR CONTA PRÓPRIA.
SE QUISEREM COMER ALGO, ME PEÇAM QUE EU PEGO PARA VOCÊS.
S-SÉRIO?
NHAC
AH!
PERDÃO, ELE ESTÁ COMIGO.
AH! MESTRA HAYASE! TRA-BALHANDO?
...

VOCÊ DEVERIA ESTAR SORRINDO...
...NÃO É, IRMÃ?
POR ISSO...
VOU USAR BEM...
ESTA VIDA QUE VOCÊ SALVOU...

UMA VIDA IMORTAL

UMA VIDA IMORTAL

CAPÍTULO 6 AS CONFORTÁVEIS TERRAS DE YANOME

...
OLHA O SERVIÇO DE ENVIO DE CARTAS AQUI!
ÓS ENVIAMOS AS SUAS MENSAGENS!
TAMOS M DES- ONTOS!
QUER MANDAR UMA MENSAGEM PARA AQUELES QUE VOCÊ AMA?

QUERO FAZER AQUILO AL
OH, OK!
BEM-VINDAS!
VOCÊ ENVIA UMA MENSAGEM PRA MIM?
ISSO MESMO, MOCINHA.
BASTA ESCREVER NESTE PAPEL AQUI.
HÃ?
ESCREVER?
AAH, NÃO SE PREOCUPE.
EU ESCREVO PARA VOCÊ. BASTA ME FALAR O QUE QUER DIZER NA CARTA.
VEJAMOS...
MAMÃE, PAPAI, COMO ESTÃO?
ESTOU EM YANOME AGORA, ENTÃO, NÃO SE PREOCUPEM.
É ISSO.
TÁ CERTO, MOCINHA.
EI, TUDO BEM DEIXAR ELA FAZER ISSO? VÃO DESCOBRIR DO FRACASSO.
NÃO SE PREOCUPE.
AGORA, PARA ONDE VO QUER MANDA ESSA CARTA
PARA A MAMÃE E O PAPAI EM NINANNA.
NINANNA?
AS TERRAS SAGRADAS DO URSO-DEMÔNIO!
VOCÊ É DAS TERRAS SAGRADAS, MOCINHA?
UHUM!
NUNCA CONHECI ALGUÉM DE LÁ. INCRÍVEL!
MAS ENTÃO ESSA CARTA...

NÃO HÁ LINGUAGEM ESCRITA EM NINANNA.
ENTÃO SEUS PAIS NÃO VÃO ENTENDER O QUE ESTÁ ESCRITO NA CARTA.
ESCRITA?
SIM, ESTAS MARCAS AQUI NO PAPEL.
É? MAS EU TAMBÉM SEI FAZER MARCAS NO PAPEL.
MESMO? QUE TIPO E MARCA?
ESSE TIPO AQUI!
SPLAT
O QUE ESTÁ ESCRITO AÍ?
PFF
HÁ!
TÁ ESCRITO "MARCH ESTÁ BEM"!!
MARCH...

ISTO A SERVI TIO.
POR FAVOR, ENVIE ISTO.
HUFF HUFF
T-TÁ.
PARA ONDE DE NINANNA DEVO ENVIAR?
JÁ FALEI! PARA ONDE ESTÁ A MAMÃE E O PAPAI!
QUAL O DISTRITO? O BLOCO? A JURISDIÇÃO?
QUÊ?
VOCÊ SABE, MANA?
NÃO...
NINANNA É UMA REGIÃO VAST MESMO NO DISTRI MAIS PRÓXIMO, HÁ PELO MENOS QUARENTA VILAS VOCÊ SABE QUAL É A SUA?
O QUE É ESSE DESENHO?
É UM MAPA.
BAF
CHEGA POR HOJE. PODEMOS TENTAR DE NOVO OUTRO DIA.
...
VOU GUARDAR ESTA MENSAGEM POR ENQUANTO, ATÉ DESCOBRIRMOS PARA ONDE ENVIAR.
VENHAM, VAMOS COMER ALGUMA COISA E TE ANIMAR, MARCH.

NHAC
NHAC
OBRIGADU.
RIGADU.
O QUE
É ISTO?
É MUITO
BOM!!
UFF
UFF
SPLOSH
SPLOSH
HAHA!
SLURP
つる
つる
SLURP
BZZ
ごにょ
ごにょ
BZZ
PFFF!
プスス
EI, EI, FU!
VOCÊ PRECISA
APRENDER BONS
MODOS!

HASHI? NÃO SÃO COÇA-COÇA DE CABEÇA? AQUELES PALITI-NHOS PARA QUAN-DO A CABEÇA TÁ COÇANDO...
MARCH, VOCÊ TAMBÉM DEVERIA TER BONS MODOS E USAR OS HASHIS QUE ESTÃO NA SUA CABEÇA EM VEZ DAS MÃOS.
EU JÁ NÃO TE FALEI? USE SUAS MÃOS PARA COMER! ENTENDEU?
CRACK
PFF!
ME DESCULPE. POR FAVOR, USE DA FORMA QUE ACHAR MELHOR.
PUCK
PODE COMER DA FORMA QUE QUISER, FU.
...
SPLUSH
A-AH! FU, VOCÊ TÁ BEM?

O QUE VOCÊ ACHA, MARCH? YANOME É UM LUGAR MARAVILHOSO, NÃO?
NÃO ACHA QUE É UM LUGAR ONDE PODERIA VIVER CONFORTAVELMENTE PELO RESTO DA SUA VIDA?
NÃO ACHO!
EU...
KABLAM
MARCH?
QUE PENA.

..
REALMENTE, O EXTRATO DE GLÓRIA-DA-MANHÃ OCIDENTAL É MUITO EFICAZ.
KABAM
COMEÇAREI MEU RELATÓRIO...
COMO INFORMEI ANTERIOR-MENTE...
PELA PRIMEIRA VEZ EM TODOS OS ANOS CONDUZINDO O RITUAL, ENCONTRAMOS O URSO-DEMÔNIO E O CAPTURAMOS.
ALÉM DISSO, ENCONTRAMOS OUTRA COISA EM NOSSA JORNADA, QUE GOSTARÍAMOS DE MOSTRAR A VOCÊS.

ESTE GAROTO.
APÓS TERMOS FINALIZADO OS PREPARATIVOS DO RITUAL, TESTEMUNHAMOS ESSE GAROTO LUTAR E DERROTAR O URSO-DEMÔNIO.
NÃO SABEMOS SE É UMA DIVINDADE OU UM MONSTRO...
NÃO CONSEGUIMOS EXPLICAR O QUE PRESENCIAMOS, MAS ESTOU CONVENCIDA DE QUE ESSE GAROTO É UMA PARTE CRUCIAL PARA O FUTURO DE YANOME.
ESSE GAROTO DERROTOU O URSO-DEMÔNIO?
O QUE ELE CONSEGUE FAZER?
ELE É IMORTAL.
MAS AINDA NÃO SABEMOS ATÉ ONDE VAI SUA CAPACIDADE.

ANDA!
TE EXPLICARAM AS CONDIÇÕES, PRISIONEIRO?
SIM.
SE EU MATAR O GAROTO...
MEUS CRIMES SERÃO PERDOADOS.
KASH
KASH
VAI!
BAM
IÁÁ!
VAMOS NOS DIVERTIR, GAROTO!
TUNK

HÁ!
SHUP
DOF
HÃ?
A FERIDA...
DESAPA-
RECEU...?
HÃ!?

VUSH
AGH!
AAGH!
TAP
TÁ DO-ENDO!
TAP
TÁ DO-ENDO!
TÁ DOEN-DOOO!!
TÁ DOEN-DOOO!!
TÁ DOEN-DO.
É IMPOSSÍVEL! NINGUÉM ME FALOU SOBRE ISSO!
TÁ, TÁ, O LUGAR DE COVARDES É LÁ FORA.
NOSSA.
BAM
MANDEM O PRÓXIMO VOLUNTÁRIO.

HIÁÁÁ!!
TAP
TAP
TAP
TAP
TUF
ドス
PERDOE-ME, CRIANÇA!
QUERO SAIR DAQUI!!
TUF
ドス
EU SEI QUE VOCÊ É IMORTAL!
MAS ESSA É A MINHA ÚNICA CHANCE, PRECISO TENTAR!
TUF
ドス
TÁ DOEN-DO.
TUF
ドス
NÃO QUERO PASSAR O RESTO DA MINHA VIDA APRISIONADA! QUERO AMAR, COMER BOA COMIDA E ME DIVERTIR!
TUF
ドス
TÁ DOEN-DO.
TUF
ドス
TÁ DOEN-DO.
TAK
TAK
ENTÃO, POR FAVOR, MORRAAA!
JÁ BASTA, NÃO?
É SÓ ISSO?
PERDÃO.
VUP
CRECK
SAI DAÍ, VELHA!

AINDA NÃO ACABEI AQUI.
TÁ DOENDO.
TÁ DOENDO.
TÔ NEM AÍ! VAMOS CORTAR A CABEÇA DELE FORA!
カチ
CLANK
TAP

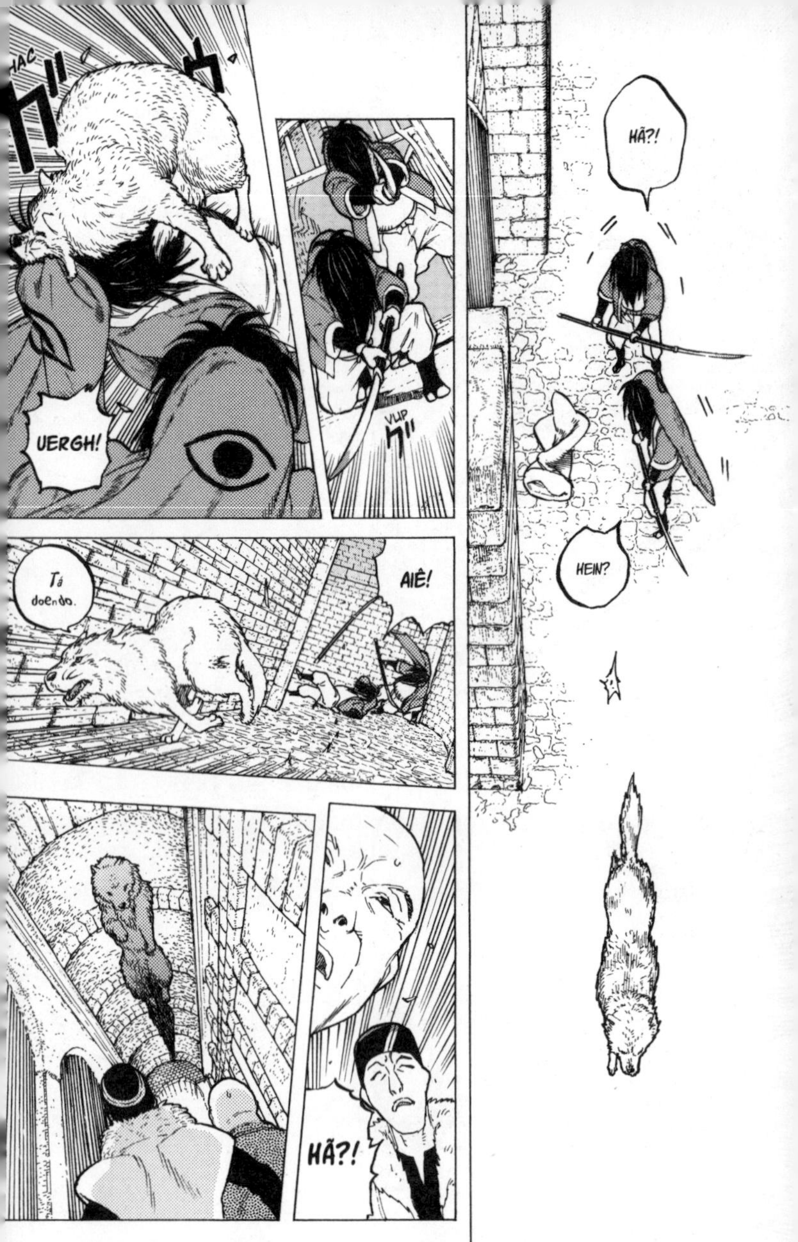
VUP
HAC
UERGH!
AIÊ!
Tá doendo.
HÃ?!
HÃ?!
HEIN?

ELE ESTÁ FUGINDO!!

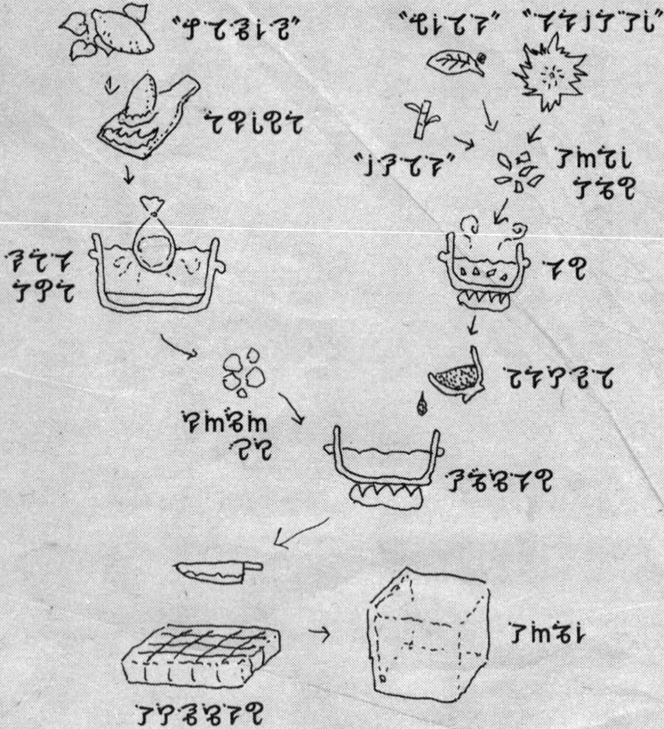

CAPÍTULO 7 UM ENORME RECIPIENTE

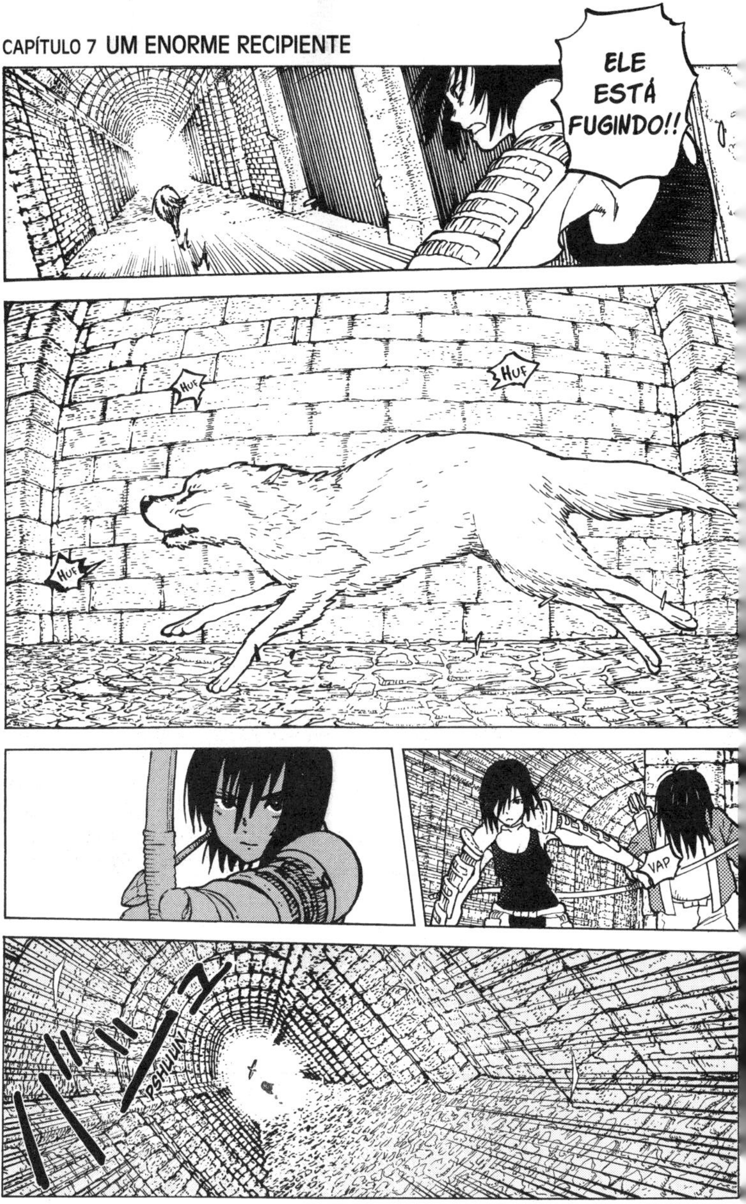

ギャン
CAIN!
ÓTIMA FLECHADA!
PERFURE ELE.
CERTO.
RELATÓRIO DE PRO-GRESSO:
DESTA VEZ, FUSHI NÃO TOMOU A FORMA DA CAUSA DO ESTÍMULO EXTERNO COMO CONSEQUÊNCIA DA AQUISIÇÃO.
PROVAVELMENTE É PORQUE ELE JÁ ADQUIRIU "CONSCIÊNCIA", O PRIMEIRO PASSO NO SEU CRESCIMENTO.
AGORA, LEVEM-NO.
GRR
GRR
SE TIVESSE SE TRANSFORMADO NA FLECHA OU NA LANÇA QUE O ATINGIU, OU ATÉ EM UM CADÁVER, FUSHI NÃO ESTARIA SENTIN-DO DOR ALGUMA...
MAS ELE ESCOLHEU NÃO O FAZER.

É POSSÍVEL QUE A VONTADE DO GAROTO, OU ATÉ DO LOBO, TENHA INFLUENCIADO EM SUA DECISÃO.
MAS A CONCLUSÃO MAIS PROVÁVEL É QUE SIMPLESMENTE NÃO HAVIA NECESSIDADE.
EM VEZ DE ABANDONAR SUA CONSCIÊNCIA E VOLTAR A DEPENDER DAS MUDANÇAS À SUA VOLTA, MANTER UMA FORMA QUE LHE PERMITISSE ANDAR POR CONTA PRÓPRIA ERA MAIS LÓGICO.
AFINAL, "ELE" FOI CRIADO PARA SER ASSIM.
COITADO, MESMO NUMA SITUAÇÃO DESSA, ELE CONTINUA VIVO...
NÃO É UM COITADO.
É UM RECIPIENTE SUBLIME DE INFORMAÇÕES, QUE VIVENDO É CAPAZ DE CRESCER E AUMENTAR AINDA MAIS A QUANTIDADE DE CONHECIMENTO QUE CARREGA.
ドサ
DOFT
!

MARCH, POR FAVOR, ACALME ELE.
GRR
Tá doendo.
GRR
Tá doendo.
ENSINE A ENTENDER A LÍNGUA HUMANA.
E O EDUQUE.
!!
VAP
FU?!
É VOCÊ, FU?!
Tá doendo.
GGUH
AGUENTA FIRME! VOU PUXAR!
Tá doendo.
COMO OUSAM FAZER ISSO COM VOCÊ!

PASSOU, PASSOU. TÁ TUDO BEM.
...
AQUI EM CIMA.
MANA!
QUE BO
JÁ CUR
MARCH? FUSHI TÁ AÍ COM VOCÊ?!
TEM ALGUMA COISA AÍ EMBAIXO, MARCH?
ALGUMA COISA?
SÓ UM VASINHO E PALHA.
AH!
E A FLECHA QUE TAVA NO FU!
ÓTIMO! AMARRE NISTO AÍ.
O QUE VOCÊ VAI FAZER COM ISSO?
AINDA NÃO SEI.
ME PUXA AÍ PRA CIMA TAMBÉM!

NÃO, SE VOCÊ CAIR, JÁ ERA.
VUUUUSH
ONDE A GENTE TÁ?
O QUE VAI ACONTECER COM A GENTE?
AH, NÃO SE PREOCUPE, MARCH.
VIU, CONSEGUE JUNTAR UM POUCO DE PELO DO FUSHI E ME MANDAR TAMBÉM?
SSH
TÁ...
SSAH...
MAIS PRA DIREITA.
AÍ, AÍ.
Tá doendo.
Tá doendo.
O QUE FOI, FU?
KSH KSH
Tá doen-do.
Tá doen-do.
SEU FERIMENTO JÁ NÃO CUROU?

PARONA, TEM TRABALHO ESPERANDO UMA CRIMINOSA COMO VOCÊ.
CRIMINOSA? QUE CRIME EU COMETI?
CALA A BOCA. É MELHOR OBEDECER, SE NÃO QUISER MORRER.
KSH
Tá doendo.
Tá doendo.
TEMOS VAGA NA COZINHA E NA LIMPEZA, ESCOLHE UMA
...
EU VOU TRABALHAR COM A MANA TAMBÉM!!
SEU TRABALHO É EDUCAR ISSO AÍ.
CLANG
TIO! QUANDO A GENTE VAI PODER SAIR DAQUI?
NUNCA.
NÃO SEJA BOBA, MARCH.
ELES ESTÃO AMEAÇANDO A GENTE PORQUE ESTÃO COM MEDO.
VIU, NÃO ESQUECE DE LIMPAR O PELO DO CACHORRO!
HÁ!

SHU
SHU
Tá doen-do.
Tá doen-do.
MUSH
MUSH
...
Tá doen-do.
Tá doen-do.
SHU
SHU
...
Tá doen-do.
Tá doen-do.
...
Tá doen-do.
KSHKSH
KSHKSH
Tá doen-do.
NOSSA, O QUE DEU EM VOCÊ PARA CAVAR UM BURACO DESSES, HEIN, FU..?
KSH KSH
FUSHI É MUITÍSSIMO SENSÍVEL AO SEU ENTORNO.
ESSA CARACTERÍSTICA FACILITA O PROCESSO DE AQUISIÇÃO ATRAVÉS DE ESTÍMULOS.
HÃ?
SERÁ QUE..?
SENDO AQUISIÇÃO O ACÚMULO DE INFORMAÇÕES.

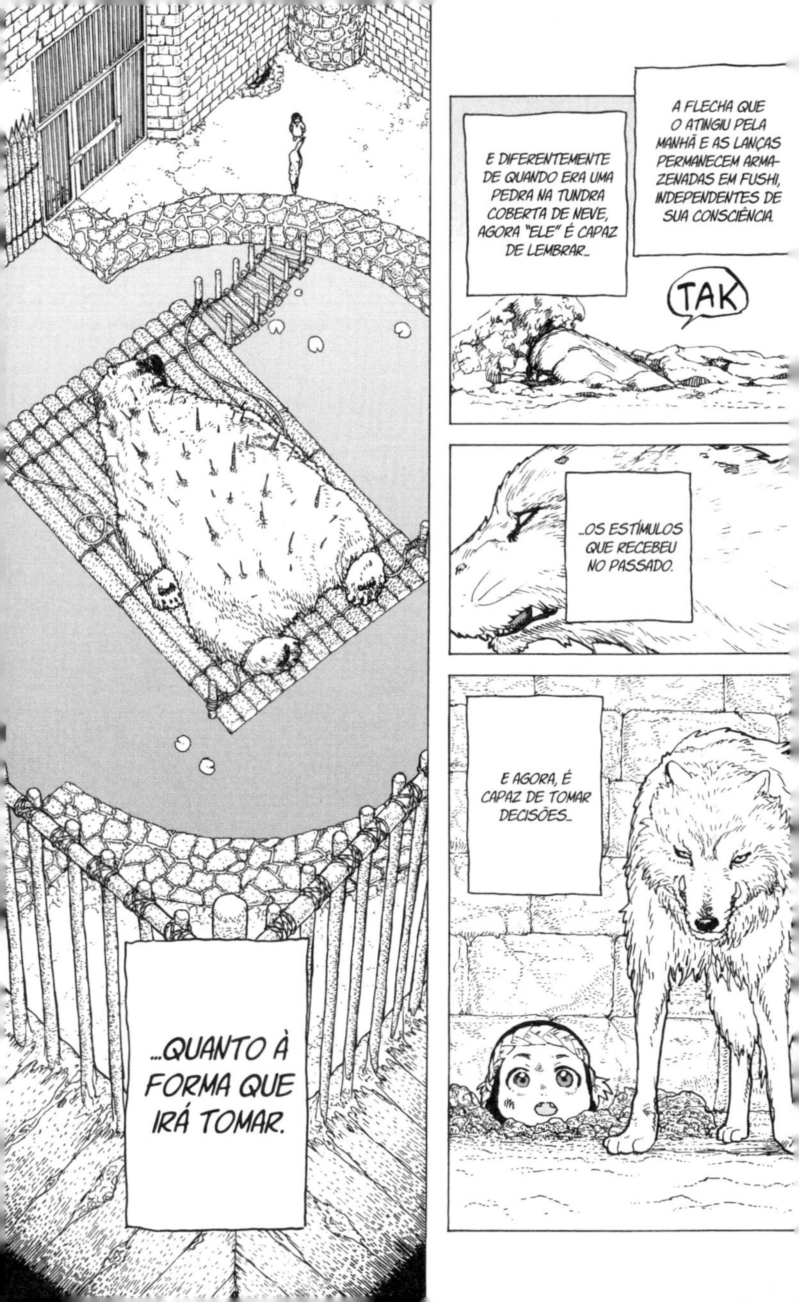
A FLECHA QUE O ATINGIU PELA MANHÃ E AS LANÇAS PERMANECEM ARMA-ZENADAS EM FUSHI, INDEPENDENTES DE SUA CONSCIÊNCIA.
E DIFERENTEMENTE DE QUANDO ERA UMA PEDRA NA TUNDRA COBERTA DE NEVE, AGORA "ELE" É CAPAZ DE LEMBRAR...
TAK
...OS ESTÍMULOS QUE RECEBEU NO PASSADO.
E AGORA, É CAPAZ DE TOMAR DECISÕES...
...QUANTO À FORMA QUE IRÁ TOMAR.

NHAC
FUGH
PARA COM ISSO, FU! POBREZINHO DELE!!
Tá doen-do.
Tá doen-do.
TEM ALGUMA COISA PRESA NELE.
NNNGH!
GRAU!
Tá doen-do.
HAÁ!
TOF
ドタ
Tá doen-do.
É UMA FLECHA...

SERÁ QUE TUDO ISSO PRESO NELE SÃO...?
COITADINHO...
PRECISAMOS AJUDAR ELE...
ALGUMA ATUALIZAÇÃO?
NA VERDADE... NINGUÉM QUER FICAR ENCARREGADO DO URSO-DEMÔNIO.
ENTÃO ASSUMA VOCÊ.
QUAL A DIFICULDADE DE CUIDAR DE UM URSO?
HAYASE, TEMOS UM PROBLEMA!
O QUE FOI?
A MENINA SUMIU!
TEM UM BURACO NA CELA DELA!
ELA DEVE ESTAR POR AQUI EM ALGUM LUGAR...
...

AQUI ESTÁ ELA.
O BURACO JÁ TAVA LÁ.
ENTÃO EU VI O URSO, FIQUEI COM DÓ DELE E TAVA TIRANDO AS FLECHAS...
ECHAS?
HNG!
ガウ…
GRRR
OH!
SUP
ENTENDI.
AI!
ENTÃO VAMOS DEIXAR A MENINA CUIDAR DO URSO.
TEM CERTEZA? PODE SER PERIGOSO.
NÃO TEM IMPORTÂNCIA.
UMA MENININHA ACABAR MORTA NÃO É PROBLEMA ALGUM.

E QUANTO
CACHORR
MANTENHA-O PRÓXIMO DA MENINA.
E DEIXE-O EM PAZ. ELE É MAIS FÁCIL DE LIDAR ASSIM.
CONSERTEM A CELA ANTES DO ANOITECER...
REFORCEM O PISO...
E COLOQUE GUARDAS EM TEMPO INTEGRAL AQUI NO PORTÃO.
...
AQUI A SUA COMIDA. COME TUDO.
POXA, VOCÊ TÁ COMENDO TÃO POUCO.
SERÁ QUE VOCÊ SÓ COME CARNE?
Tá doendo.
Tá doendo.
!
MARCH!

NÃO ACREDITO QUE ELES TE COLOCARAM COMO RESPONSÁVEL PELO URSO.
QUANDO PEDI PARA PODER TE AJUDAR, ELES DISSERAM NÃO.
MAS É PERIGOSO DEMAIS PARA VOCÊ SOZINHA.
KSH KSH
FUSHI E SIRINALDO ESTÃO COMIGO, ENTÃO TÁ TUDO BEM.
PODE SE FOCAR NO SEU TRABA-LHO, MANA.
T-TÁ...
MAS...
VAI FICAR TUDO BEM.
Tá doen-do.
Tá doen-do.
Tá doen-do.
CHOMP CHOMP

Tá doendo.
Tá doendo.
SABE, URSINHO...
EU E VOCÊ SOMOS MUITO PARECIDOS, NÉ?
QUANDO EU PARTI DE NINANNA, TUDO MUNDO ME TRATAVA COMO SE FOSSE ESPECIAL E TAL, FALANDO COISAS COMO "OBRIGADO, MARCH" E "PARABÉNS"...
MAS EU SOU SÓ UMA MENINA COMUM.

POR ISSO, EU SOU A ÚNICA QUE CONSEGUE ENTENDER.
VOCÊ É SÓ UM URSO COMUM QUE GOSTA DE CARNE HUMANA.
UM MONTE DE GENTE FEZ O MAIOR ALVOROÇO POR SUA CONTA E ATÉ TE ENCHEU DE FLECHAS... E ISSO SÓ AS DEIXOU COM MAIS MEDO...
Tá doen-do.
Tá doen-do.
E AGORA VOCÊ ATÉ PARECE O URSO-DEMÔNIO.
MAS QUANDO ESSAS FERIDAS SARAREM, VOCÊ VAI VOLTAR A SER UM URSO COMUM.
E VAI PODER VOLTAR PRA CASA...
VOLTAR... PRA CASA...

AH.
DESCULPA POR TE DEIXAR INSEGURO.
ぽん PAN
DESCULPA.
TÁ TUDO BEM, TÁ TUDO BEM.
PASSOU, PASSOU.
VAI FICAR TUDO BEM, TUDO BEM.
Tá doendo.
Tá doendo.

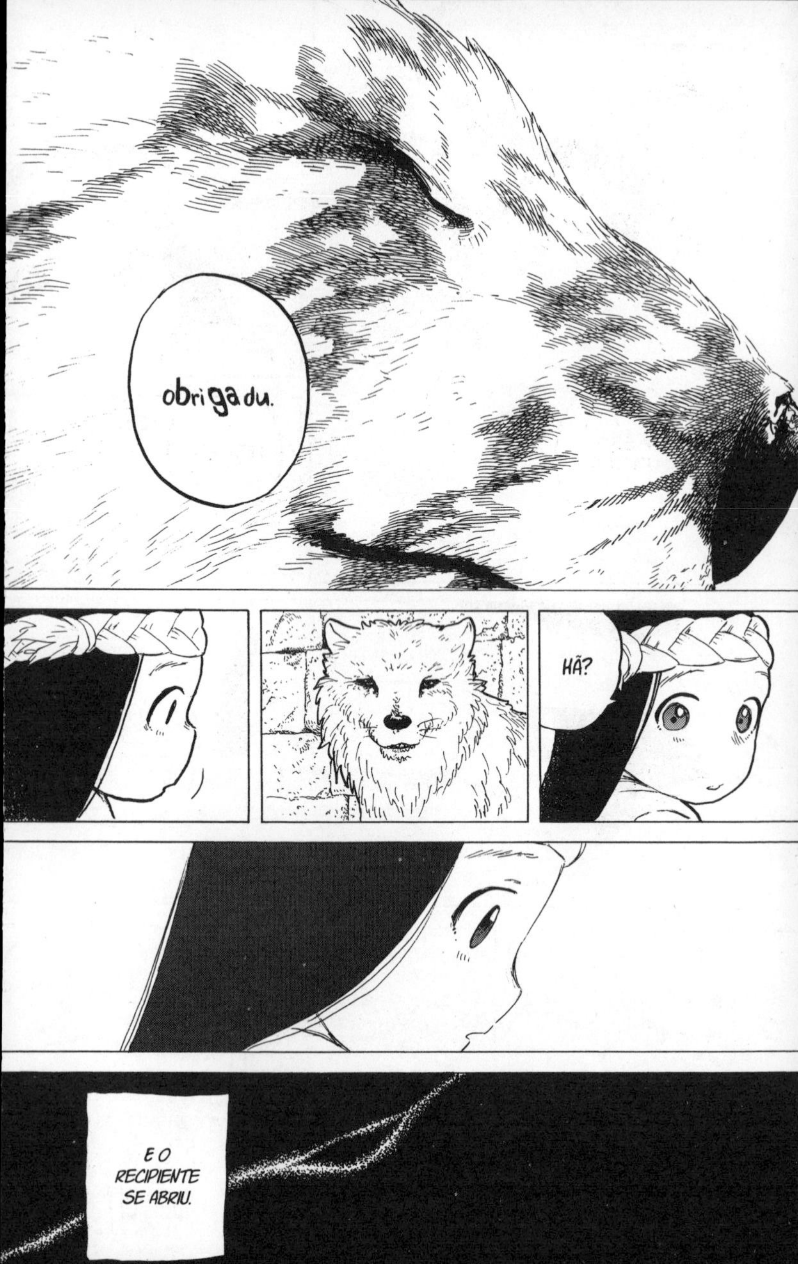
obrigadu.
HÃ?
E O RECIPIENTE SE ABRIU.

CAPÍTULO 8
PLANO DE FUGA

A GENTE PODE FUGIR DAQUI!
VAI DAR CERTO.
OMECEI AS REPARAÇÕES.
DEPOIS DE APRENDER COMO FUNCIONA A PRISÃO..
DESDE QUE CHEGAMOS, TENHO PENSADO EM FORMAS DE ESCAPAR DAQUI.
O PLANO É ASSIM...
UARGH!!
SO-CORRO!
TÔ MOR-RENDO!
EM TROCA DE A LEVARMOS JUNTOS, A VOVÓ ACEITOU COOPERAR.
O QUE FOI, VELHA?

HÁ APENAS UM GUARDA POSICIONADO NA FRENTE DA CELA DO URSO-DEMÔNIO, E ELES TROCAM QUATRO VEZES AO DIA.
ORDENS DA HAYASE.
EU INVENTO ALGUMA COISA PRO GUARDA E TOMO O ÚLTIMO TURNO DO DIA.
COM UM GOLPE CERTEIRO, DEIXÁ-LO INCONSCIENTE, TOMAR A CHAVE DELE E ME DISFARÇAR USANDO O UNIFORME DE YANOME.
MINHA AUSÊNCIA NÃO VAI SER NOTADA...
POIS ELES VIGIAM OS CORREDORES E NÃO DENTRO DAS CELAS.
E SÓ VAI PASSAR UM GUARDA PELA MINHA CELA NO SEGUNDO ANDAR DE MANHÃ.
DEPOIS DE CONFIRMAR QUE AS DUAS SE ESCONDERAM NA CARROÇA, EU VOU ADQUIRIR A "PROVA".
PRIMEIRO, MATO O URSO-DEMÔNIO.
QUERIA PODER LEVAR A CABEÇA INTEIRA, MAS SÓ DEVO CONSEGUIR CARREGAR OS OLHOS E UM POUCO DE COURO.
ENTÃO, VOU REMOVER ESSAS PARTES E LEVAR COMIGO.
ESCAPAREMOS ANTES DO SOL NASCER E A VOVÓ IRÁ NOS GUIAR ATÉ NINANNA.
LÁ, VOU MOSTRAR A TODOS A PROVA DE QUE O URSO-DEMÔNIO ESTÁ MORTO...
E VOU CONVENCÊ-LOS QUE O RITUAL JÁ NÃO É MAIS NECESSÁRIO.
COMO SERÁ QUE ELES IRÃO REAGIR?

E IR VIVER COM ELA EM ALGUM LUGAR SOSSEGADO.
SE EU NÃO CONSEGUIR CONVENCÊ-LOS...
VOU CONTAR AOS PAIS DE MARCH ONDE ELA ESTÁ...
COLOCAREI O PLANO EM AÇÃO AMANHÃ À NOITE.
DESSA FORMA PODEREMOS NOS APROVEITAR DA COMOÇÃO DO FESTIVAL PARA FUGIR.
AÍ...
A GENTE FOI CHECAR O URSINHO E ELE TAVA MORTO...
COITADINHO...
MORTO?!
VAP
ELES JÁ MOVERAM O CORPO?!
AINDA NÃO, DISSERAM QUE VÃO TIRAR AMANHÃ.

NÃO, AGORA MESMO!
VOU PERDER A "PROVA" QUE PRECISO PARA PARAR O RITUAL. ENTÃO PRECISO COLOCAR O PLANO EM PRÁTICA HOJE À NOITE.
MESMO COM A MUDANÇA NOS PLANOS, AINDA VAI DAR CERTO.
NÃO SE PREOCUPE, IRMÃ, VAI DAR TUDO CERTO.
TUDUM
MAS COMO VOU FAZER ISSO?
PRIMEIRO, PRECISO SAIR DESTA CELA.
EU TENHO A CORDA QUE FIZ COM A PALHA QUE COLETEI.
TEM UMA JANELA VIRADA PARA O PENHASCO NA CELA DO URSO-DEMÔNIO.
CLANK
WOSH
NÃO É MUITO LONGA, MAS DEVE SER O BASTANTE.
WOSH
ALI ESTÁ!
VUUSH!

VUUUUSH
HUF
HUF
GUH
ガッ
GAN
GHK
MANA, VOCÊ TÁ DORMINDO?
SIM, TÔ INDO DORMIR.
BOA NOITE.

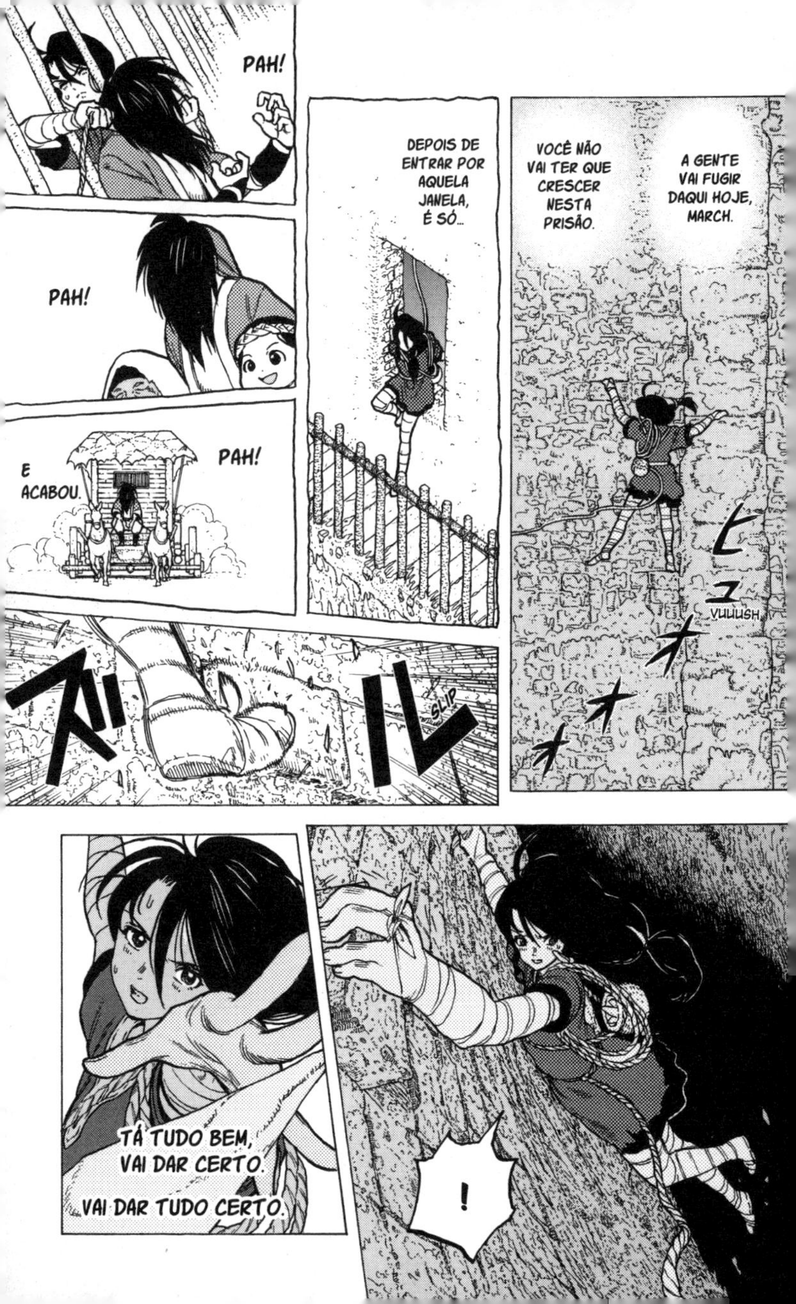

A GENTE VAI FUGIR DAQUI HOJE, MARCH.
VOCÊ NÃO VAI TER QUE CRESCER NESTA PRISÃO.
DEPOIS DE ENTRAR POR AQUELA JANELA, É SÓ...
PAH!
PAH!
E ACABOU.
PAH!
VUUUSH
SLIP
!
TÁ TUDO BEM, VAI DAR CERTO.
VAI DAR TUDO CERTO.

CRACK
GAN
AGARRA
RIP
...!
AAH!
ZUP
VUH
PAH
SE EU CONSEGUIR CHEGAR ALI...

PULA
IRMÃ!!
Tá doen-do.
...

EI.
VOCÊ TÁ BEM?
HE, HE...
PONTADA

!
TSC. ACORDOU, É?
...
ONDE ESTOU?
AAH, JÁ SEI...
TANTO FAZ.
EU SEI QUE VOCÊ TAVA TENTANDO FUGIR.
SE ALGUÉM DESCOBRIR, VOCÊ VAI SE DAR MAL.
MAS NÃO VOU CONTAR PARA NINGUÉM, SE VOCÊ SE COMPORTAR.

RASGA
!
AH NÃO, QUANTO TEMPO EU FIQUEI DESMAIADA?
RIP
HE, HE!
RIP
PRECISO AGIR RÁPIDO OU O PLANO NÃO VAI DAR CERTO.
JÁ É DE MANHÃ?
BISH
AINDA É NOITE. TEMOS BASTANTE TEMPO PARA NOS DIVERTIRMOS.
AINDA DÁ TEMPO!
Q-QUE BOM!
AHÁ!
É ASSIM QUE EU GOSTO!

JURAVA QUE VOCÊ ERA S UMA GAROTA INOCENTE!
PODERIA TIRAR ESTAS AMARRAS?
DE JEITO NENHUM!
QUER DIZER, A NÃO SER QUE VOCÊ SEJA UMA BOA MENINA.
POW
NÃO TENHO TEMPO PARA DESPERDIÇAR NISTO!

QUEM VOCÊ ACHA QUE EU SOU, GAROTA?!
...
AQUI É A SALA DE EQUIPAMENTO DE LIMPEZA, NINGUÉM VAI VIR PARA ESTES LADOS ATÉ DE MANHÃ.
E NÃO ADIANTA NADA GRITAR.
ASSIM É MELHOR PRA MIM.

TAP
HÁ, HÁ!
O QUE VOCÊ VAI FAZER COM UMA VASSOURA?
SE VOCÊ QUER BRINCAR DE ESPADA...
KA-CLANK

SHN...
SHUK
ズボ
HA HA HA HA HA HA
VOCÊ FOI DESCUIDADO, VILÃO.

TROCA DE TURNO!
HÃ? NÃO TÁ CEDO DEMAIS?
VOCÊ NÃO TÁ COM UMA CARA MUITO BOA ULTIMAMENTE.
A HAYASE TAVA PREOCUPADA COM VOCÊ!
AH...
É MESMO, É?
?
VAP
EI!
ERR...
O QUE... VOCÊ QUER...?

VOCÊ VEM COMIGO!
VAMOS DAR O FORA DAQUI!
MANA!

UMA VIDA IMORTAL

KATCHAN
VAMOS, MARCH!
CAPÍTUL
UMA MORT
COM SIGNIFICAD
VOCÊ TAMBÉM, VOVÓ.
POR AQUI.
TÁ.
TCHAU...
URSINHO.

ESSE CANAL VAI LEVAR VOCÊS DIRETO PARA ONDE FICA AS CARROÇAS.
E A MANA?
ELA TEM TRABALHO A FAZER.
VAMOS.
VOVÓ, VÁ NA FRENTE COM A MARCH.
AQUI A CHAVE.
TÁ.

PARA
O QUE VOCÊ TÁ FAZENDO, MANA?!
PARA!
SÓ VOU CORTAR UM PEDACINHO.
VOU LEVAR DE VOLTA PARA NINANNA E PROVAR AO PESSOAL DA VILA QUE O URSO-DEMÔNIO ESTÁ MORTO.
CORTAR ELE? QUE MALDADE
MAL-DADE?
HÁ, HÁ! MARCH...
COMO ISSO PODE SER MALDADE? ELE JÁ ESTÁ MORTO. E ELES VÃO TRANSFORMAR O CORPO EM CINZAS DE QUALQUER FORMA.

MAS EU TENHO PENA DELE!
CERTO, MARCH, QUE TAL A GENTE BRINCAR JUNTAS?
VOCÊ VAI COM A VOVÓ AGORA MESMO...
E SE VOCÊ FIZER ISSO, EU TE DOU UM PRÊMIO.
TADAM!
UM AUAU FOFINHO!
TÁ?
BASH
MARCH...
POR FAVOR, FAZ O QUE EU TÔ PEDINDO, SÓ DESTA VEZ.

SE A GENTE PROVAR PARA O PESSOAL DA VILA QUE O URSO-DEMÔNIO ESTÁ MORTO, CONSEGUIREMOS IMPEDIR QUE OUTRAS CRIANÇAS COMO VOCÊ SEJAM SACRIFICADAS NO RITUAL.
MAS ESSE URSO NÃO É O URSO-DEMÔNIO.
ENTÃO, TEM PENSAR PO ESTE LAD
ESSE URSO MORREU PARA SALVAR CRIANCINHAS INOCENTES COM VOCÊ.
ELE MORREU PARA IMPEDIR QUE O RITUAL CONTINUE ACONTECENDO.
VOCÊ TÁ SENDO EGOÍSTA!
ELE É SÓ UM URSO GRANDE, ASSUSTADOR, MAS COMUM!
NADA DISSO É CULPA DELE!
ISSO NÃO É VERDADE.
VOCÊ SÓ NÃO ENTENDE PORQUE É UMA CRIANÇA PEQUENA AINDA.

MANA, POR QUE VOCÊ TÁ SORRINDO ASSIM?
AH, MARCH, NÃO ME OLHA COM ESSA CARA.
EU SÓ...
EU...
...

TÁ CERTO, MARCH.
NÃO VOU FAZER NADA.
VAMOS.
EU SÓ VOU TER QUE CONVENCER O PESSOAL DA VILA EU MESMA.
NÃO ACHO QUE ISSO VAI DAR CERTO...
EU VOU CONSEGUIR.
VOU PROVAR PARA ELES QUE É POSSÍVEL RESOLVER AS COISAS SEM SACRIFICAR NINGUÉM.
ガチャ
TCHAK

BUM
HÁ!
VAMOS CORTAR CAMINHO DIRETO PELA CIDADE E VOLTAR PARA A VILA!
CONSE-
GUIMOS!
SCAPAMOS!

VOCÊ ACHA QUE TODO MUNDO VAI FICAR FELIZ QUANDO DESCOBRIR QUE EU TÔ VIVA?
ESTOU TÃO FELIZ DE PODER IR VER A MAMÃE E O PAPAI DE NOVO!
ESTAMOS INDO DE VOLTA PARA NINANNA!
MAS CLARO QUE VÃO, MARCH!
UAH!
GIIIH
PSHA PSHA
AI...
VOCÊ É PÉSSIMA, DEIXA EU ASSUMIR.
IÁ!
DOF DOF DOF

SAH
SAH
AH, ISTO...
SÃO UNS BOLINHOS DE AGRADECIMENTO.
OPA, SEGREDO?
VOU DAR ELES PRA MANA DEPOIS. MAS VOCÊ PRECISA MANTER SEGREDO, TÁ?
AH!
NADA NÃO!
É MESMO?
EI, MARCH...
O QUE VOCÊ QUER FAZER QUANDO CRESCER?
TCHAK
HUM, BEM, EU...
QUERO FAZER TUDO QUE OS ADULTOS PODEM FAZER.
PASH
PASH
PASH
PRIMEIRO, QUERO APRENDER A COZINHAR. SE VOCÊ NÃO SOUBER COZINHAR, NÃO PODE VIRAR MAMÃE.
DEPOIS, QUERO TER FILHOS, E VOU FAZER BONEQUINHOS PRA ELES IGUAL VOCÊ FAZ.

DE QUALQUER FORMA, QUERO APRENDER TODO TIPO DE COISA QUE AGORA NÃO SEI.
AFINAL, CRESCER SIGNIFICA APRENDER COISAS, NÃO É?
TAMBÉM QUERO APRENDER MAI PALAVRAS...
E, UM DIA, APRENDER "ESCRITA" TAMBÉM.
OU A GENTE PODIA INVENTAR UMA PARA NINANNA.
AH!
E VOCÊ VAI CONTINUA COMIGO, FU!
VOCÊ VAI APRENDER COMIGO E A GENTE VAI CRESCER JUNTOS!
TENHO CERTEZA QUE ESSE DESEJO VAI SE REALIZAR...
MARCH.

DUF
DUF
DUF
...!!
MANA!
DUF
TÁ TUDO BEM.
GUH
É SÓ MAIS UMA BRINCADEIRA...
UMA EM QUE A GENTE FOGE PARA NÃO SER PEGO.
SLUP

PSHUM
PATCH
POCOTÓ
POCOTÓ
ENTREGUEM O CACHORRO...
...E POUPAREMOS A SUAS VIDAS.
ISSO NÃO!
NOS NEGAMOS!
VUP

!
POCOTÓ
PODE VIR! VOU TE JOGAR PARA FORA JÁ, JÁ!
NÃO, MANA!
É PERIGOSO!
ELES VÃO TE MATAR!
O QUE TÁ ACONTECENDO?!
SÓ DIRIGE!
DUF
NÃO VÁ, MANA!
FIQUE AÍ, MARCH!
CLANK

O QUE...
EU FAÇO?
O QUE MESMO EU...
POSSO FAZER...

GRAU!!
ISSO MESMO.
VEM CÁ...
CACHORRO.

PASH
ギュ
VRUUUP
ルル

UMA VIDA IMORTAL

UMA VIDA IMORTAL

GURRR!
MAMÃE, TÔ MORRENDO DE FOME!
OH, NÃO! MEU POBRE BEBÊ!
A MAMÃE VAI FAZER UMA COMIDINHA PRA VOCÊ!
QUE GOS-TOSO!
MAMÃE COZINHA TÃO BEM!
...
OH, NÃO! MEU POBRE BEBÊ!
A MAMÃE VAI FAZER UMA COMIDINHA PRA VOCÊ!
OH, NÃO! MEU POBRE BEBÊ!
O PAPAI VAI VOLTAR MAIS CEDO HOJE, ENTÃO PODEREMOS COMER LOGO!

EI!
POR QUE VOCÊ TÁ SEMPRE SOZINHA?
HMM, BEM..
É QUE EU..
NÃO TENHO FAMÍLIA.
HMM.
ÉÉ?
AH, É, ISTO..
TON
É PRA VOCÊ..
...!
...!

ESPERA SÓ UM POUQUINHO!
AQUI!
SÃO BOLINHOS DE AGRADE-CIMENTO!
O-OH!
OBRIGADA...!
N-NHAC NHAC!
UAAA, QUE GOSTOSO!
EI, VOCÊ QUER FORMAR UMA FAMÍLIA COMIGO?
HÃ?
ESTE PODE SER O NOSSO FILHO.

EU VOU SER A MAMÃE...
E VOCÊ PODE SER O PAPAI!
MARCH!
MARCH!
MARCH!
MARCH!
MARCH!
MARCH!
MARCH!

MANA...
AH!
TÁ TUDO BEM!
VAI FICAR TUDO BEM, MARCH!
VOU...
TRATAR VOCÊ...
AGORA MESMO!
VOU MORRER PELA MANA...?
...!
NÃO, MARCH.
PISH
PLOP
A GENTE VAI VOLTAR PRA CASA JUNTAS E VOCÊ VAI VIRAR UMA ADULTA.
...AH...

ISTO...
SÃO BOLINHOS DE AGRADECIMENTO...
PRA VOCÊ, MANA...
MANA...
...!
SEJA UMA MAMÃE...
NO MEU LUGAR...

N-NÃO, MARCH! ESSE NÃO É O SEU SONHO?
PSH
VOCÊ É QUEM VAI SE TORNAR UMA MAMÃE...
NÃO É VERDA-DE?
HEIN, MARCH?
GSH
NÉ?
É...
PRONTO!
VOCÊ VAI FICAR BEM.
A GENTE SÓ PRECISA VOLTAR PRA CASA!
É...
MANA...
O FU TÁ AQUI?

AHAM.
ELE TÁ AQUI.
QUE BOM.
AAH...
CLAK
CLAK
CLAK
ガラガラガラ

CLACK ガラ
CLACK ガラ
CLACK ガラ
CLACK ガラ
UAU, PARECEM ÓTIMOS.
VOCÊ É REALMENTE A MELHOR COZINHEIRA DO MUNDO.

ドサ
DOF
CLAK
CLAK
GUH

O QUE DIABOS É ISSO?
É O SAGRADO URSO-DEMÔNIO!
ELE ESTÁ IRADO!
GRAAAAU!
APON-TAR!
BASH
BASH
BASH
BOOM

FUSHI.
OBRIGADA.
VOCÊ ESTÁ LUTANDO PELA MARCH, NÉ?
ESTÁ TUDO BEM AGORA, NÃO PRECISA MAIS.
バラ CLAK
バラ CLAK
バラ CLAK

GH!
UFF!
DESCULPA, MARCH, POR SEMPRE CHEGAR TARDE POR CAUSA DO TRABALHO.
MAS PARECE QUE HOJE...
É UM DIA ESPECIAL E VOU SAIR MAIS CEDO.

ENTÃO VAMOS PRA CASA, JUNTAS.

MARCH?!
É VOCÊ, MARCH?!

SOU EU!
FICARAM SURPRESOS? AINDA TÔ VIVA!
MAS FOI SUPER DIFÍCIL.
VOCÊ É INCRÍVEL, MARCH!
MUITO BEM, MUITO BEM.
TAP
GURRR!
MAMÃE, TAMO MORRENDO DE FOME!

OH, NÃO! MEUS POBRES BEBÊS!
A MAMÃE VAI FAZER UMA COMIDINHA PRA VOCÊ!
VAMOS VER, QUANTAS PORÇÕES A GENTE PRECISA?
ENTÃO... QUATRO, CINCO, SEIS...
UÉ? CADÊ O FU...?

AH!
ONDE EU ESTOU?

CAPÍTULO 11

AQUELES QUE TE ACOMPANHAM

LUTAR CONTRA AS FORÇAS À SUA VOLTA TRAZ UM RISCO CONSIDERÁVEL.
E ÀS VEZES, PODE LHE CUSTAR A VIDA.
ESSA HUMANA LUTOU...
E MORREU.
É MESMO...
EU JÁ...

MAS ELA NÃO PERDEU AQUILO QUE LHE ERA MAIS PRECIOSO.
GRAU...
グウ...

VAMOS PRA CASA, JUNTAS.
MANA.
FU.
...
MANA.
EU TÔ AQUI!
BEM AQUI!

POF
スカ
POF
スカ
POF
スカ
POF
スカ
POF
スカ
NÃO, NÃO, NÃO! NÃO QUERO MORRER!!
EU TÔ AQUI!! NÃO TÔ MORTA!
POF
スカ
AINDA TEM TANTA COISA QUE QUERO FAZER!!
AINDA NÃO CONSEGUI FAZER NADA!!
ESTÁ TUDO BEM...
MARCH.
ESPERA UM POUCO...
JÁ, JÁ ESTAREI COM VOCÊ.

NÃO SOU FORTE O SUFICIENTE...
PARA ACEITAR ESTA REALIDADE E CONTINUAR VIVENDO.
...!!
NÃO!! MANA!
NÃO FAZ ISSO! NÃO MORRA!
POF
POF
POF
FU, PARA ELA!
SALVA A MANA!

PARA!!
GUH
クッ
AH!
ハッ

ALI!
CAPTUREM ELE ENQUANTO ESTÁ NA FORMA HUMANA!
カラン
CLANG
GUH
HÃ?

GRAAAU
CLACK
CLACK
TOMP
TOMP
TOMP
GRAAU
AH!
TOMP
TOMP
TOMP
TOMP
VOCÊ ESTÁ ME DIZENDO PARA CONTINUAR VIVENDO MESMO ASSIM?
QUE PESSOA CRUEL.

TOMP...
ドスー…
TOMP...
ドスー…
プシュ
PUFF
プシュ
PUFF
SERÁ O SAGRADO URSO-DEMÔNIO?!
MAS É...
PA... RONA...?!

PARONA!!
TE PROCURAMOS POR TODA PARTE!
O QUE ACONTECEU COM VOCÊ NESSES ÚLTIMOS SEIS MESES?!
EU...
EU NÃO CONSEGUI FAZER NADA.
HÃ...?
É MESMO...
PRECISO ENTREGAR ISTO..
É UMA CARTA PRA VOCÊS.
CARTA?
É UM PAPEL COM UMA MENSAGEM.

ISSO...
É UMA MÃO.
AÍ TÁ DIZENDO...
"MARCH ESTÁ BEM!"
ISSO...
COMO PAI... EU QUE DEVERIA TER PROTEGIDO ELA.

EU SINTO MUITO DE VERDADE.
UGH...
OBRIGADA POR TUDO QUE VOCÊ FEZ PELA MARCH.
WOSH
WOSH

PAF
EI! SOLDADOS DE YANOME ESTÃO VINDO NA DIREÇÃO DA VILA...!
QUÊ?!
NUMA HORA DESSAS...?
O QUE ELES QUEREM?
VÁ INFORMAR OS ANCIÕES.
AH NÃO! ELES DEVEM ESTAR ATRÁS DE VOCÊ.

VOCÊ PRECISA FUGIR, FUSHI!
VÁ NA DIREÇÃO CONTRÁRIA DO CHEIRO DELES E CORRA!
VIDA NÃO É ALGO QUE ALGUÉM PODE TE DAR, É ALGO QUE VOCÊ PRECISA LUTAR E CONQUISTAR PARA SI MESMO!
VOCÊ ENTENDE...
O QUE EU QUERO DIZER, NÉ?
SAH...

PASH カサ
ELES ESTÃO BEM PERTO.
CADÊ ELES?
LÁ EM CIMA.
ENCONTRARAM O FUSHI, NÉ...?
PRECISAMOS IMPEDI-LOS.

SHIK
...
SÓ TENHO UM PESADO E FORTE.
SEM PRO-BLEMAS.
VUUSH

VOCÊ ACERTOU!!
NÃO...
ERREI...
EU ERREI...!

AO ENCONTRAR E PERDER UMA MÃE...
FUSHI GANHOU HUMANIDADE.
NÃO, "ELE" NÃO A PERDEU.
APENAS PARTIRAM NUMA JORNADA JUNTOS.

A Manhã do Ritual dos Quatro Símbolos

Naquele dia, muitos foram testemunhas, quando a gigante
criatura branca com incontáveis espinhos devastou a cidade.
O povo não pôde evitar de pensar que se tratava
do grande Urso-Demônio, e que deviam ter contraído
sua ira após cometer algum crime terrível.

Registros do serviço de envio de cartas de Yanome

A Encarnação do Urso-Demônio

Parona, a donzela da vila, desapareceu, mas
depois de um tempo retornou acompanhada
de um imenso urso branco com espinhos.
O urso então se transformou em um belo garoto.
E, em seguida, virou um lobo e deixou a vila.
Fomos perdoados? Ou não fomos?
A donzela Parona apenas disse o seguinte:
Não há mais necessidade de cumprir o ritual.

Ancião-chefe do clã Pae de Ninanna

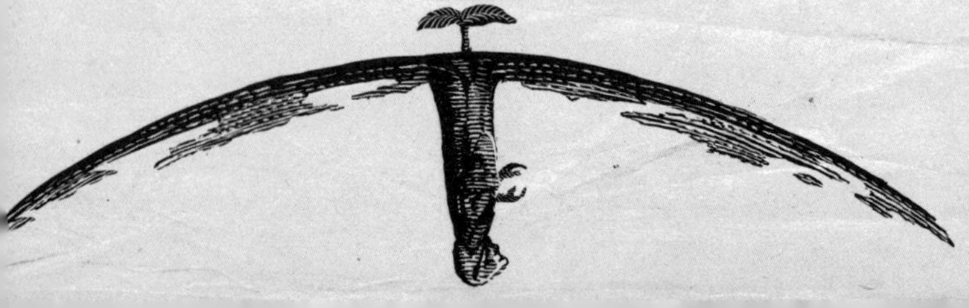

FUSHI CONTINUOU SUA JORNADA EM BUSCA DO PRÓXIMO ESTÍMULO.
"ELE" PASSOU A MAIOR PARTE DO TEMPO NA FORMA DE LOBO...
A FIM DE DETERMINAR O CAMINHO A SEGUIR, BASEADO NO "ODOR".
"ELE" NÃO SE TRANSFORMOU NO URSO...
POIS NESSA FORMA SEU CORPO DOÍA O TEMPO TODO.
DE VEZ EM QUANDO, TRANSFORMAVA-SE NO GAROTO...
MAS SEM NENHUMA RAZÃO ESPECÍFICA.
QUANDO ESTAVA FAMINTO, "ELE" SE TRANSFORMAVA NA MARCH.
NESSA FORMA, CONSEGUIA FACILMENTE SUBIR NAS ÁRVORES FRUTÍFERAS.
ATÉ QUE EM UM DADO MOMENTO, ALCANÇOU ALGO DE ODOR FAMILIAR.
CAPÍTULO 12 UM QUE COLETA, UM QUE ROUBA

PSH
カサ
OH!
PARA ONDE VOCÊS FORAM?!
PROCUREI POR TODA RTE DEPOIS DE VOCÊS SUMIREM!!
VOCÊ NÃO SABE O SUFOCO QUE FOI!
PROCUREI POR VOCÊS POR TRÊS DIAS E TRÊS NOITES, ACABEI ME PERDENDO E TIVE QUE IMPLORAR POR COMIDA.
DEPOIS, QUANDO DAR ÁGUA PARA OS ROS, ELES FUGIRAM! BEI PERDENDO MEU IO DE LOCOMOÇÃO E FIQUEI PRESA QUI NO RELENTO..!
HM? AQUELA MOÇA CHAMADA PARONA NÃO TÁ COM VOCÊ?
E CADÊ AQUELE MONSTRO?
EI, VOCÊ VAI FALAR NADA?

QUÊ?! ENTÃO ERA VOCÊ!!
É POR ISSO QUE TAVA TÃO CALADO!
OH!
HMM... NÃO SEI O QUE ACONTECEU...
MAS VOCÊ TÁ SOZINHO AGORA, NÉ?
EI, VOCÊ NÃO DEVIA ABANDONAR UMA IDOSA DESSA FORMA!!
SAH
SAH
SAH
A-AONDE VOCÊ TÁ INDO?

NÃO CONSIGO ENTENDER O QUE SE PASSA NA SUA CABEÇA...
ARF
ARF
BEM, DÁ PRA VER SÓ OLHANDO QUE VOCÊ NÃO SABE COMO EXPRESSAR O QUE SENTE.
UM DIA DESSES, OSTARIA DE PODER ER O QUE TEM AÍ ENTRO DE VOCÊ.
O QUE VOCÊ SENTE POR AQUELAS DUAS?
O QUE VOCÊ SENTE QUANDO SE TRANSFORMA NA MARCH?
MESMO UM MONSTRO COMO VOCÊ DEVE SENTIR ALGUMA COISA OU ALGO ASSIM, NÉ?
ARF
ARF
UFF
SAH
SAH
SAH
...
FALANDO NISSO, TÔ MORRENDO DE FOME.
FAZ DOIS DIAS QUE NÃO COMO NADA.
PODEMOS FAZER UMA PARADA?
UFF
UFF

UFF
ÁG
CARNE...
...
VUSH
CARNE DA COXA!
NHAC
SLIP
AH, POR
NÃO?! VO
CONSEG
SE CUR
GRRRR
A GENTE COZINHA E ME ALIMENTA!!
SEJA GE
COM OS
VELHOS
VUP
GAB
SUP
SUP

SEU DEMÔNIO!
NHAC
NHAC
NHAC
ARGH!
EU TE IMPLORO!! ME DÁ UMA!!
UA!
UA!
ÃO TE DO MAIS! OMETO JE NÃO MORDO AIS!!
...
GLUP
VUP
VUP
VUP
VUP
POK
AI!
AAAH! QUE GOSTOSO!
NHAC
NHAC
OBRI-GADU!
OBRIGADA! OBRIGADA!
M MENINO, M MENINO!
OOH!
UM MAPA!

QUE BOM! TEM UM VILAREJO! SÓ QUE FICA A 100 LÉGUAS DAQUI...
E LÁ PODEMOS PEGAR UM NAVIO PARA O MAR.
O QUE ACHA, FUSHI?
SK
SK
MINHA TERRA NATAL FICA ALÉM-MAR, QUER IR?
ENCARA
HM?
KSH
KSH
OHA AQUI, ESTA É A LETRA "RI".
VAP
VAP
VAP
VAP
O QUE FOI?
VAP
OH!
ENTÃO É IS
VOCÊ SE
TERESSOU
ESCREVE

QUER APRENDER MAIS?
ENTÃO VENHA COMIGO.
VOU TE ENSINAR A FALAR, ESCREVER E COMO VIVER COMO UM HUMANO.
ENTÃO ME TRATE BEM.
KSH
AQUI TÁ ESCRITO "MARCH".
E ASSIM É "FUSHI".
"PARONA"
E ESTE É O MEU NOME...
PIORAN".

AQUILO É UMA "ÁRVORE".
ESSA É UMA "FLOR".
"AVE".
"SOL".
"RIO".
"FOGO".
"PEIXE".
OBRI-GADU.
NHAC NHAC
OBRIGADU.
NÃO É QUE ESTEJA ERRADO, MAS HÁ ALGO MAIS APROPRIADO PARA SE DIZER.
GOS-TOSO!
GOSTOSU!
BOA NOITE!
BOA NOITI!

O QUE É AQUILO?
É UM "BARCO".
O QUE É ISSO?
É O "MAR".
"PEIXE"!
AHAM.
"FRUTA"!
ISSO MESMO.
VOCÊ REALMENTE...
TÁ CONSEGUINDO FALAR MUITO MAIS AGORA.
CONSE-GUINDO.
TUDO ISSO É POR CAUSA DA MARCH?

VIRAR ADULTO.
APRENDER COISAS.
COMO? VOCÊ QUER VIRAR ADULTO?
EI, ANTES DE VOCÊ CONHECER A MARCH, O QUE VOCÊ FAZIA?
VIVIA COM QUEM?
ANDEI MUITO.
SOZINHO.
ENTÃO, ENCONTREI ALGUÉM.
ME DEU COMIDA.
MAS...
NÃO ENTENDI.
NÃO SEI O NOME.

FORMA.
SOM.
CHEIRO.
LEMBRO DISSO.
VIREI AQUELA PESSOA.
FIM.
...
HMM...
OH!
TERRA À VISTA!
OLHA, FUSHI. TÁ VENDO COMO O CÉU ESTÁ VERMELHO NAQUELE PONTO?
TODO DIA, YANOME LUTA COM TAKUNAHA...
QUE É O LUGAR PARA ONDE ESTAMOS INDO.

INDO ONDE?
A CASA DO MEU AMANTE É POR AQUI. VAMOS PARA LÁ, POR ENQUANTO.
MEU AMANTE É UM INTELECTUAL. TALVEZ ELE SEJA CAPAZ DE ENTENDER O QUE VOCÊ É.
A GENTE DEVE CHEGAR LÁ AMANHÃ.
VUUSH
ORAS.
PARECE QUE ALGUÉM INVADIU O MEU JARDIM.

FSH

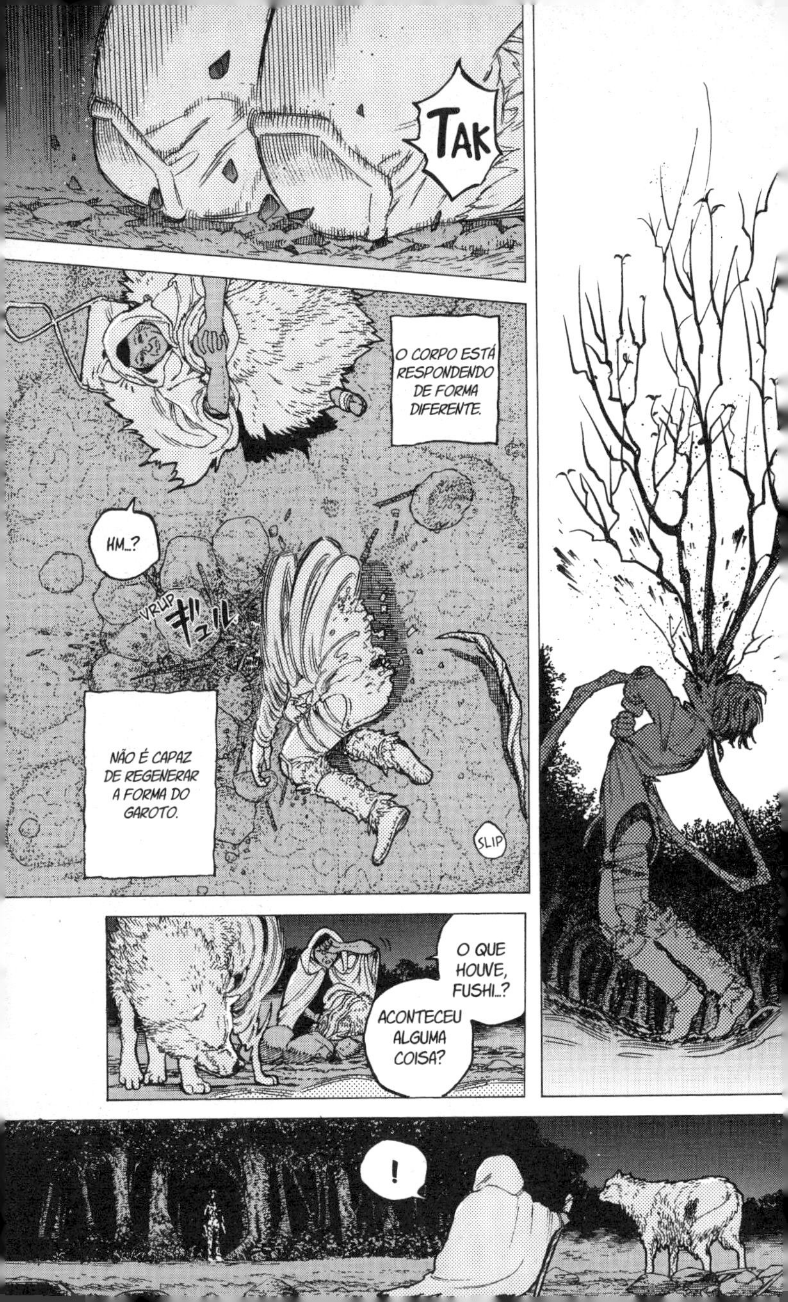
TAK
O CORPO ESTÁ RESPONDENDO DE FORMA DIFERENTE.
HM...?
VRUP
ギュル
NÃO É CAPAZ DE REGENERAR A FORMA DO GAROTO.
SLIP
O QUE HOUVE, FUSHI...?
ACONTECEU ALGUMA COISA?
!

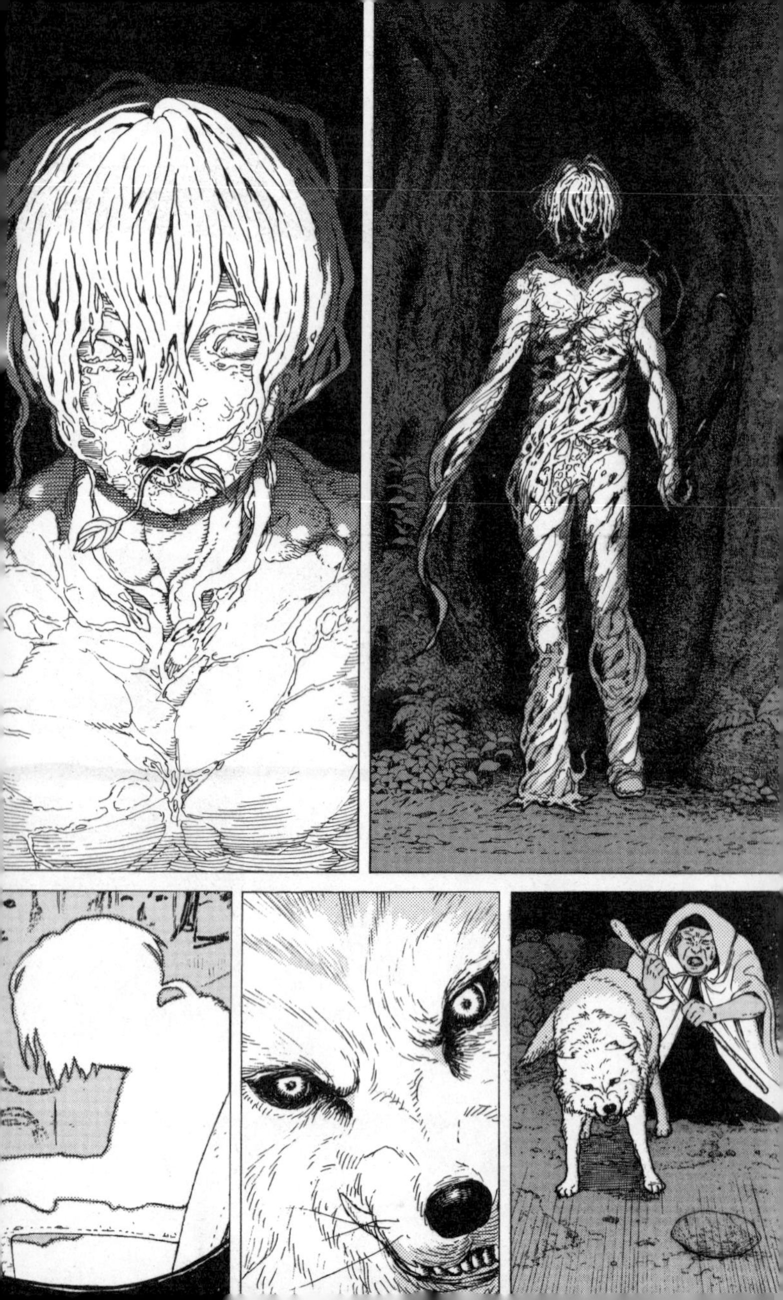

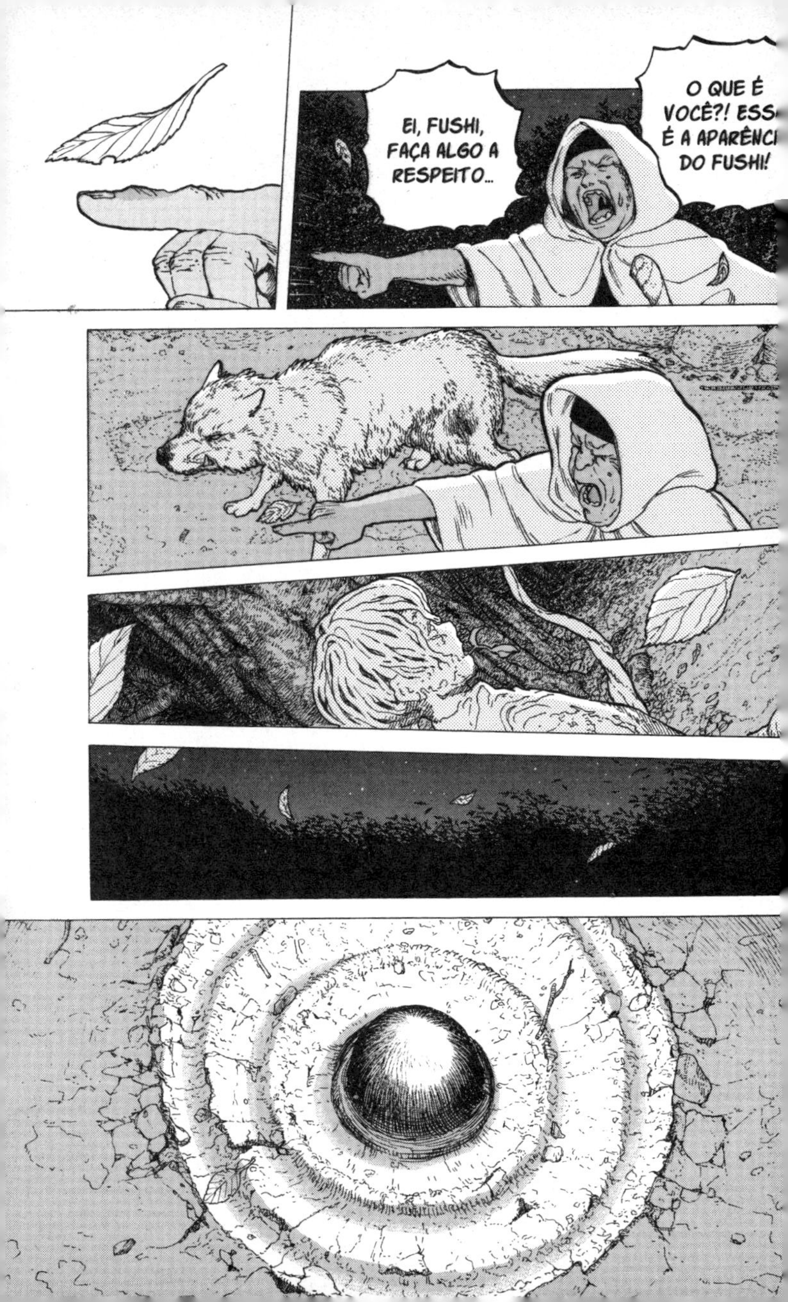
O QUE É VOCÊ?! ESS
É A APARÊNC
DO FUSHI!
EI, FUSHI, FAÇA ALGO A RESPEITO...

MESMO QUE NÃO POSSA SE MOVER, VOCÊ AINDA DEVE SER CAPAZ DE OUVIR A MINHA VOZ.

COMO SE SENTE APÓS PERDER PARTE DE SI?
AQUELA COISA ROUBOU DE VOCÊ.
ROUBOU O GAROTO.
SUA FORMA.
SEU SOM.
SEU CHEIRO.
ENQUANTO O GAROTO NÃO FOR RECUPERADO, VOCÊ NÃO SERÁ NEM CAPAZ DE LEMBRAR O QUE LHE FOI TOMADO.
MAS MESMO ASSIM VOCÊ CERTAMENTE NOTOU... O VAZIO... O ESTRANHO DESCONFORTO.
SERÁ ENTÃO AQUILO ALI ALGO DE VALOR?
PERMITA-ME LHE DAR UM CONSELHO QUE VOCÊ SEJA CAPAZ DE ENTENDER...

AQUILO É SEU INIMIGO.
LUTE E VENÇA.
GRAU!
BSHUUN

UMA VIDA IMORTAL

UMA VIDA IMORTAL

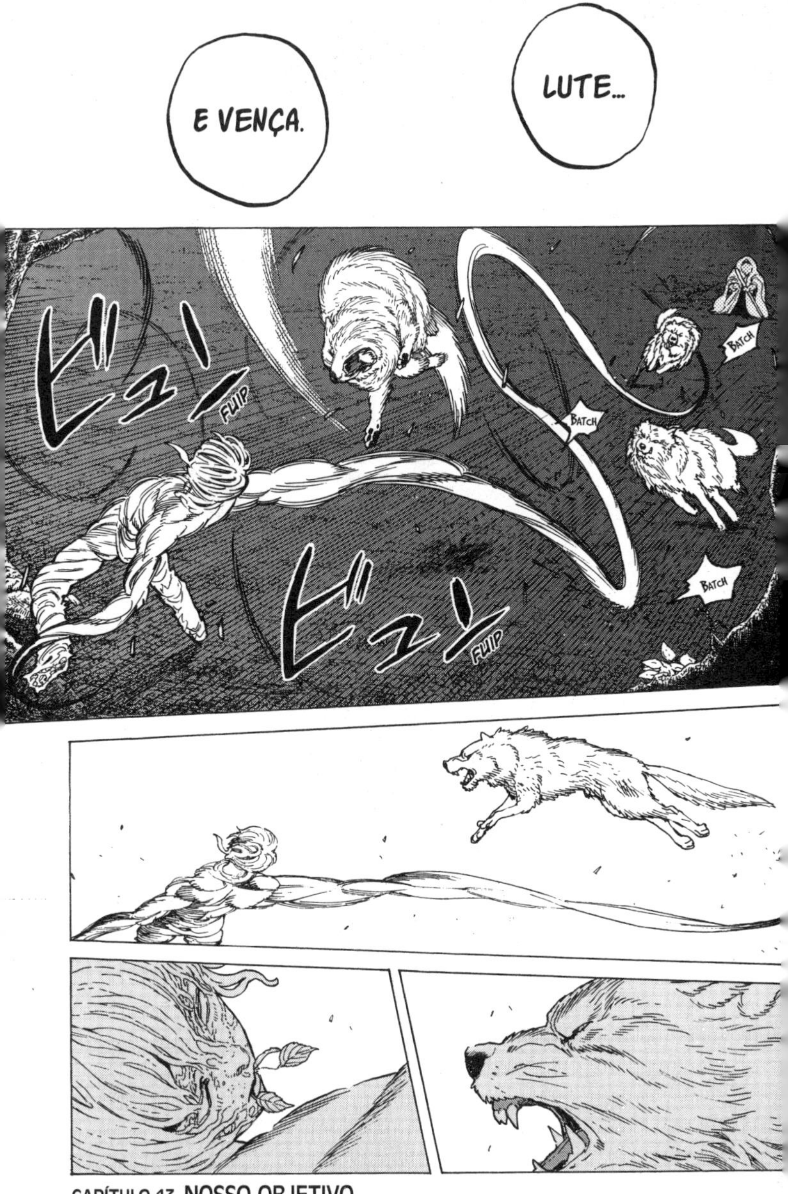
LUTE...
E VENÇA.
BATCH
BATCH
ビュン
FLIP
BATCH
ビュン
FLIP

NHEC
NHEC
NHEC
NHEC
GRSH
GRSH
GRSH
GRSH
DENTRO DELE, HÁ UM NÚCLEO.
ARRANQUE-O DO SEU CORPO.
SE O FIZER, SEUS MOVIMENTOS IRÃO CESSAR.
VRRRU
BOOM

FUSH
POF
SLIP
NADA MAL.
FUSHI!
VRUP

NÃO...
VENHA... AQUI.
IIIK!
GKK
GKK
GKK

BOM
AQUILO NÃO CONSEGUE SE TORNAR UM "ANIMAL", POIS NÃO ESTÁ VIVO.
VAP
MAS É ESPECIALIZADO EM ROUBAR.
AQUILO FOI CRIADO PARA ROUBAR RECIPIENTES QUE VOCÊ COLETOU, PARA ENFRAQUECÊ-LO.

SLUP
BUSH
VUP
GRAU!
VUP
BAM
BASH

NHIC
NHIC
SHAK
CRECK
CRECK

BAAM
NHIC
BUSH

BOOOM
SPOSH
MUITO BEM. AQUELE É O NÚCLEO.
SWIP
SWIP
O QUE ROUBARAM DE VOCÊ SE ENCONTRA ALI.
VRRRRUP
VOCÊ SÓ PRECISA RECUPERÁ-LO.
NHEC
NHEC

NHIC
ニョキ
NHIC
ニョキ
ZUH
SHUUN
GAH
VAP

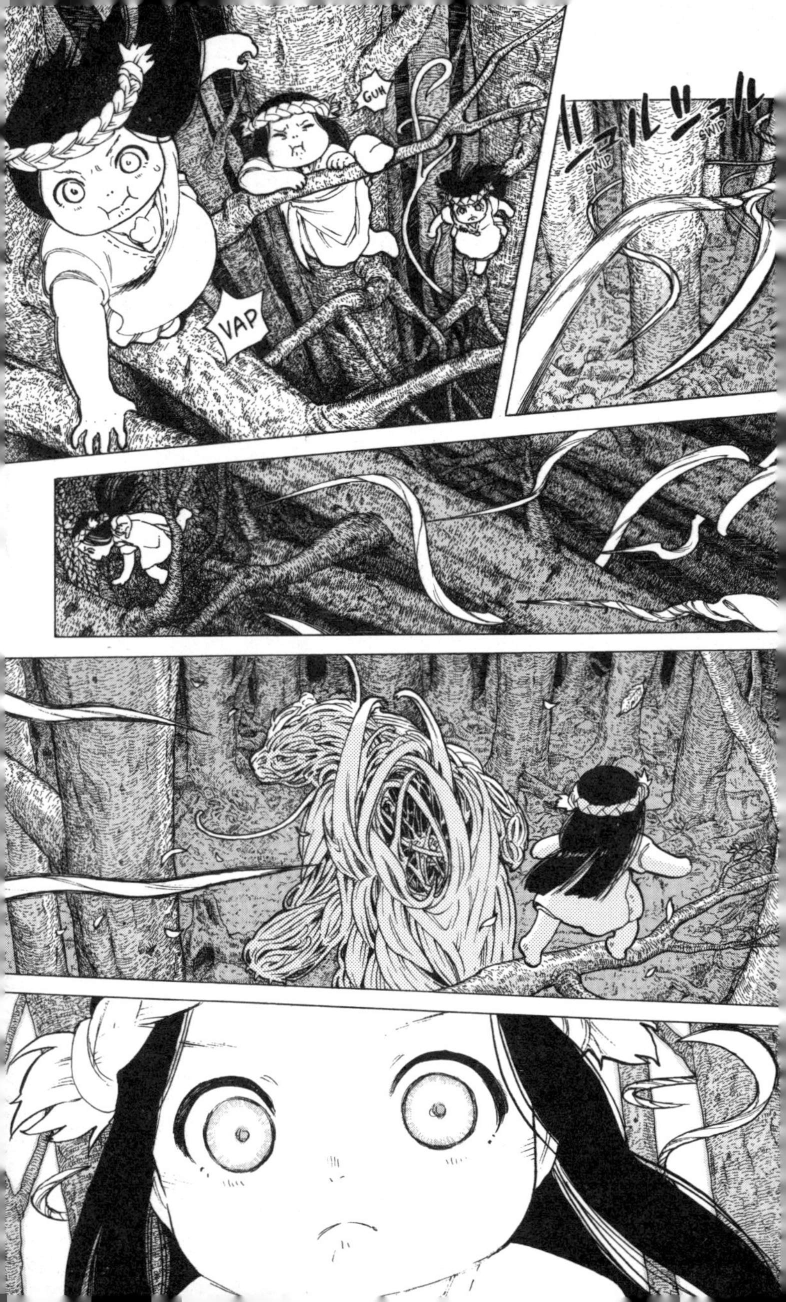
ジュルジュル
SWIP
SWIP
GUH
VAP

VAP
GRR
NHEC
NHEC
GASH
GASH

ZRR
ZRR
SLIP
PTCH
ブチ
PTCH
ブチ
SLIIIP
SLIIIP

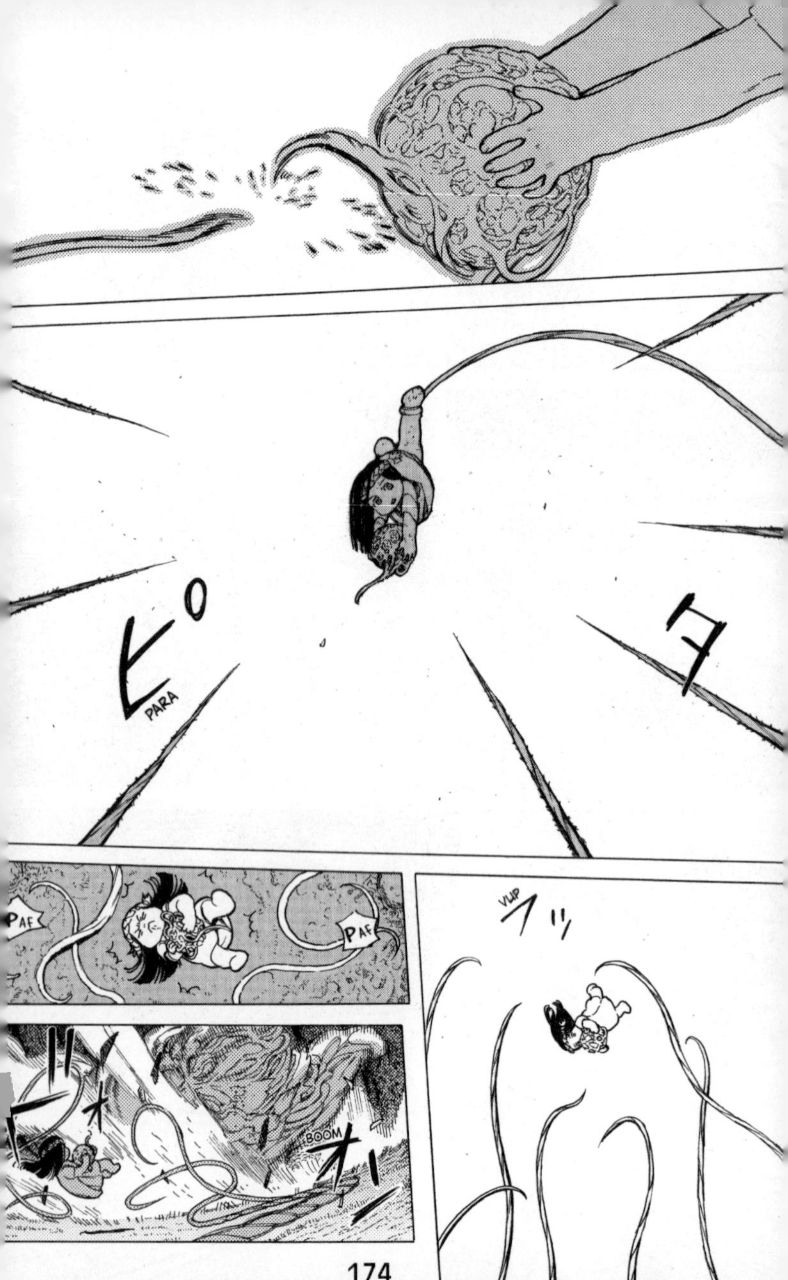
ピタ
PARA
PAF
PAF
VUP
BOOM

NHEC
NHEC
NHEC
HUFF
HUFF
SPLOSH
AH!

O QUE É...
...VOCÊ?
SOU SEU CRIADOR.

PARECE QUE VOCÊ NÃO COMPREENDE.
NÓS TEMOS UM IMPORTANTE OBJETIVO.
QUE É "PRESERVAR ESTE MUNDO".
O QUE VOCÊ ACABOU DE DER-ROTAR É UM SER ENVIADO AQUI PARA IMPEDIR NOSSO PROGRESSO.
NÃO IMPORTA.
IREMOS NOS FALAR DE NOVO NO FUTURO.
BEM, FUSHI...
VAMOS NOS DIVERTIR.

ATÉ O MOMENTO DERRADEIRO.
EI! VOCÊ TÁ BEM, FUSHI?
O QUE ERA AQUELA COISA?!
NÃO SEI.
HÁ, HÁ!
ESTRANHO.

ONTINUA NO VOLUME 3

UMA VIDA IMORTAL

PRÉVIA DO PRÓXIMO VOLUME

GAAAAH

POR QUE SERÁ

SIM, TENHO PENSADO A MESMA COISA.
FLAP
MAS É POR ISSO QUE A GENTE ESTÁ TRABALHANDO DURO TODO DIA,
NÉ?

QUE EU...

QUE NÃO SEJA ELE MESMO. TERCEIRO VOLUME. FIQUE LIGADO!

SOU EU...
SE VENDER ISTO, VOCÊ NUNCA MAIS VAI PRECISAR VENDER VERDURAS DE NOVO, PELO RESTO DA SUA VIDA!
UM MONSTRO IMORTAL!

O PRÓXIMO SERÁ UM GAROTO QUE QUER SE TORNAR "ALGUÉM"

AVISO

Este mangá tem a leitura no sentido oriental, como no original! Portanto, você deve começar pelo outro lado, lendo da direita para a esquerda, como mostra o diagrama ao lado!

Vá para o início e tenha uma ótima leitura!

YOSHITOKI OIMA

UMA VIDA IMORTAL

Diretores
Gilvan Mendes Fonseca da Silva Junior
Ana Paula Freire da Silva

Administrativo
Ana Brígida de Jesus

Edição
Junior Fonseca

Tradução
NewPOP Editora

Capa e Diagramação
Diógenes Diogo

Revisão
Débora Tasso

www.newpop.com.br
contato@newpop.com.br